읽는 순서

일러두기

- 글과 그림 안의 책들은 저자가 《전태일 평전》과 함께
  2018~2019년에 읽은(또는 다시 읽은) 책입니다.
  그러고 보니 이 책은 독자와 함께 읽고 싶은 책을 소개하는
  책이 되었습니다.
- 서점 이름과 고유명사 몇몇은 허락을 받지 않아 조금씩
  바꾸었습니다.
- 44, 53, 73, 112, 116, 125쪽 일부 표현은 《전태일 평전》의
  내용을 참조하였습니다.
- 53, 57쪽은 아름다운청년 전태일기념관의 전시 내용을
  참조하였습니다.

너는
전 태 일 50 주기
공동 출판 프로젝트
나다 　10

읽는
순서

편집자가 쓴《전태일 평전》독후감

글 노정임 | 그림 김진혁

아
자

차례

일상(1) _ *6*

기획은 언제나 직감 _ *10*

읽기 전 준비운동 _ *20*

내가 모르는 것을 읽는 순서 _ *32*

'시작이 반'은 진리 _ *40*

마감까지 굴린다 굴러간다 _ *51*

있는 그대로 마주하기 _ *62*

같이 읽읍시다 _ *78*

읽는다는 것 _ *88*

편집의 비법을 찾아서 _ *98*

읽고 쓰면서 생각한 것 _ *112*

일상(2) _ *132*

편집후기 _ *142*

일상(1)

"편집자스러워요."라는 말을 들으면 조금 불편했었다. 칭찬도 험담도 아니라는 걸 알지만, 듣는 새내기 편집자는 그랬다. 겉모습은 그렇지만 다른 면도 있다고 반박할 마음도 있었다. 이제는 반론하지 않는다. 그런 말을 들을 만하다는 것을 잘 알고 있고, 또 반박하며 내세울 만한 편집자스럽지 않은 면도 점점 없어져 간다.

소크라테스가 '너 자신을 알라'고 했다던가. 철학자의 말은 '무지를 자각하라'는 격언인 걸 알지만, 종종 단점을 지적하는 것처럼 들린다. 어쨌든 나 자신을 있는 그대로 보고 받아들이는 것은 그리 쉬운 과정이 아니다.

책 만드는 일을 하고 있다면 거의 모든 분들이 호의를 보인다. 책을 만드는 직업을 궁금해한다. 좋아하는 책을 말해주시거나 책을 내보고 싶은 꿈을 가져본 기억을 떠올리며 굉장히 환대해 주신다. 책은 좋은 것, 읽어야 하는 것이라는 사회 통념 덕일 거다. 대화가 이어져서 쉬는 날 무얼 하느냐는 질문에도 '책을 읽어요'라고 말하는 순간 분위기는 금세 바뀐다. 나에 대해 더 이상 궁금해하지 않는 것이 느껴진다. '정말 재미없죠.' 하며 먼저 너스레를 떠는 중년 편집자가 되었다. 책 만드는 일은 나의 일이자 일상이다.

직업만으로 평가받는 것에 대한 불편함도 있었을 것이다. 직업만으로 그 사람을 다 알 수는 없다. 개개인은 한 마디로 정의할 수 없이 복잡하다. 그렇지만 사람들이 계속해서 그렇게 느낀다면 본질에 가깝다고 받아들여도 되지 않을까. 점점 더 나는 편집자스러워지고 있다고 인정한다. 나는 오늘도 책을 읽고 만든다.

기획은
언제나 직감

고레에다 히로카즈 감독이 《영화를 찍으며 생각한 것》에서 '캐스팅은 언제나 직감'이라고 쓴 문장을 보고 안도했다. 거장도 직감으로 하는구나. 고르는 책도, 만들고 싶어 하는 기획안 속 책들도 첫 시작은 언제나 '감'이었다. 인과 관계가 뚜렷한 일은 참으로 드물다. 우연히 일어난 일들을 마주했을 때 그것을 잡느냐 외면하느냐는 내 선택이다. 전태일 50주기에 출판사들이 모여 각자 개성대로 책을 만들고 있는데, 어린이책을 만들어보면 어떻겠느냐는 제안도 우연이었다. 나는 선택했다. 해봐야겠다고. 감이었다.

감은 명확하다. 보이지도 않고 처음엔 이유도 모르지만 꽤 명확한 편이다. 아마도 감은 나도 모르게 누적된 빅데이터일지도 모르겠다. 이유를 이제 찾아야 한다.

이유를 설명할 수 없는 기획안은 늘 공격적인 질문을 받는다.

"이거 왜? 이게 뭐?"

답하지 못하면 기획은 무위로 끝난다. 감으로 잡은 기획을 눈에 보이는 물건으로 만들기가 시작된다. 사람들이 좋아할 이유를 찾고 그다음에 콘셉트를 채워간다. 기획 방향이나 유니크한 콘셉트는 세 항목 정도로 정리하는 게 좋다. 기획안을 쓰고 나면 '이거 진짜 필요하겠는데?!' 하며 나도 설득된다.

배달된 책 상자를 열고 차례차례 꺼내어 그림책, 에세이, 과학책을 읽다가 정작 읽어야 할 책 앞에서 멈추었다. 내가 고른 책이 아니라 누군가로부터 받은 책처럼 손이 가지 않는다. 어쩌지?

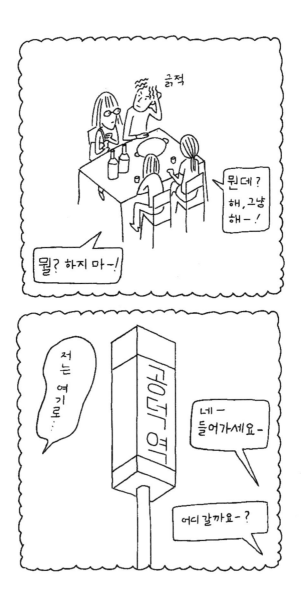

읽기 전
준비운동

편집자가 주인공인 만화책 《중쇄를 찍자》. 읽고 나서 마음에 남은 것은 부러움이었다. 그 대상은 편집자의 체력. 유도선수 출신인 새내기 편집자의 올곧고 흔들리지 않는 '체축'이란 게 참으로 부러웠다. 감을 잡고 기획을 시작했다면, 이제 앞으로 나아가야 한다. 나아가려면 체력이 필요하다. 그런데 과정마다 흔들흔들 휘청거린다. 나도 사회도 우리도 세계도 매순간 변화한다. 흔들리며 선택의 고비를 맞는다. 그렇지만 목표 지점을 누군가가 알고 있어야 나아간다. 체축을 유지해야 한다. 편집자는 목표 지점을 기억하며 달리기 위해 체력을 준비해야 한다.

목표가 뚜렷한 책은 단단하게 엮인다. 종이를 여러 장 겹쳐 묶으면 책이 된다. 얇은 종이가 묶이면 무척 단단하고 강해진다. 첫 장부터 마지막 장까지 일목요연한 순서가 생긴다.

책마다 다른데, 이 책은 처음에 목표가 떠오르지 않았다. 하고는 싶은데 뭘 해야 할지 모르는 상태가 오래갔다. 이런저런 생각이 많아진다. 목표를 찾기 위해 '준비운동'이 필요했다.

첫 번째 준비운동. 바라보기

아무런 관심이 없던 일일지라도 바라보면 관심이 가게 되고 희미하지만 조금씩 느껴지는 게 생긴다. 그렇게 이끌리다 보면 머릿속에 작은 빈 방이 하나 생긴다. 새로운 것을 받아들일 공간이다. 의식을 하고 바라보게 되고, 그것을 생각하게 된다.

나도 바라본다. 나는 왜 이 책을 하고 싶었을까? 익숙한 일들 말고 도전을 해야 하는 시점이라는 생각이 들었다. 나의 세계를 조금이나마 넓히고 싶었다. 《전태일 평전》을 읽으며 어떤 배움이 나에게 일어나길 바랐다.

목표가 떠오르지 않았던 것은 책을 만들어야 한다는 부담감과, 나 스스로 인물의 권위와 무게에 눌려 있어서다. 나의 욕심에 눈도 가려졌고. 그럴 땐 모든 처음을 생각해 본다. 내가 서 있는 지점을 남의 일인 양 좌표를 찍어본다. 그러면 마음이 조금 시원하고 가벼워진다. 내가 할 수 있는 일과 할 수 없는 일을 가늠할 수 있게 된다.

두 번째 준비운동. 밖으로 꺼내놓기

책은 만들다가 의미를 발견하는 경우가 많다. 처음 생각보다 더 큰 의미로 채워진다. 꾸미는 것과는 다른 발견의 영역이다. 그것은 보통 '객관'적인 태도를 가질 때에 가능하다. 완벽하게 객관의 시선을 갖는 것은 불가능에 가깝지만 거리감을 두고 보려고 노력하는 거다. 머리와 마음속에 있을 때에는 고고하게 느껴지는 일도 꺼내 보면 현실감이 생긴다.

적절한 임시 제목 하나만으로도 생명을 얻는다. 태어나기 전 이름인 태명이랄까? 친구에게 고민을 말하는 순간, 이 책의 가제가 떠올랐다. 《전태일 평전》을 고민하며 '읽은 순서'. 누구나 읽기 어려운 책을 만나는 순간이 있다. 읽기 싫은데 읽어야만 하는 책을 만났을 때 '읽는 순서'. 거의 무의식적으로 읽어나가는 책을 읽는 과정을 따라가 보자. 편집자가 어떤 순서로 읽는지 한 번 기록해 보자. 누군가에겐 도움이 되지 않을까?(괜찮은데?!)

운동선수 생활을 맛볼 기회가 딱 한 번 있었다. 핸드볼부 선생님이 학급을 돌아보며 핸드볼 선수를 차출했다. 내 체육 성적은 '미', 100미터 달리기는 23초. 하지만 아무것도 묻지 않으셨다. 뽑힌 게 그저 좋아서 하겠다고 했다. 초등학교 4학년이었다. 수업이 끝나면 운동장에 나가 5, 6학년 선배들 물을 떠다 주며 일 년을 보냈는데, 1년 지나 핸드볼부가 없어졌다. 핸드볼을 배웠더라면 지금보다 나는 편집을 더 잘하지 않았을까. 아쉽다.

28

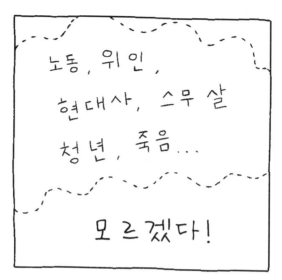

내가 모르는 것을
읽는 순서

느슨하게 시작한 뒤, 속도를 높이는 방법이 있다. 모르는 것을 찾는 일이다. 손가락으로 동그라미를 가장 크게 그리고, 그걸 뺀 만큼 사랑한다고 한 시인의 말은 이렇게 적용될 수 있다.

"손가락으로 동그라미를 가장 크게 그려 봐.

그걸 뺀 만큼 다 모르는 거야."

많은 것을 알고 있다고 생각하면 보이지 않는다. 시시해 보인다. 익숙한 것과 아는 것은 다르다. 익숙한 것은 틀에 박힌 모습으로 있는 경우가 많아서 새로움을 느끼지 못하고는 흘려보낸다. 그런데 중요한 것은 이미 우리에게 익숙하다. 중요한 것을 못보고 흘려보내기 십상이다. 익숙한 것을 익숙하지 않게 보려면 애써 새롭게 보려는 태도를 취해야 한다.

'낯설게 보기'는 널리 알려진 방법이다. 또 다른 방법은 과정을 쪼개서 보는 거다. 내가 어떤 선입견이 있었는지, 얼마나 불완전하게 알고 있었는지 분명하게 느껴진다. 혼자 이해하고 마는 것이 아니라 누군가(내가 모르는 독자)에게 알려야 하는 사람이면 더욱 낯설게 보게 된다. 뒷면도 보게 되고 잘게 쪼개서도 보게 된다. 비로소 익숙한 것은 새로워진다. 과정을 쪼개서 보다 보면, 내가 모르는 것을 직시하게 된다. 이야기와 정보는 더 자세해진다.

은근슬쩍 넘어갔던 것은 사실 다 모르는 것들을 외면하는 태도였다. '무지'를 자각하려면 더 솔직해져야 한다. 솔직할수록, 모르는 것과 아는 것을 구분할수록 모르는 것과 아는 것 사이 경계의 둑은 튼튼해진다. 이쯤 되면 새 책을 위해 새로 만들어진 머릿속 빈 방은 자석처럼 변화한다. 관련된 모든 것을 끌어온다.

그렇다면 동그라미를 뺀 나머지를 우리는 다 알아낼 수 있을까? 불가능하다. 무한대의 모르는 것 앞에서 물에 둥둥 떠서 자유로워지는 기분 그대로 그저 떠다니며 즐기고 싶어질 때가 많다. 책은 포기하고 싶어진다.

내가 아는 것으로만 책을 만든다면 책은 나보다 못할 수밖에 없다. 그러나 내가 만든 책은 나보다 언제나 낫다. 책은 현재 인류가 가진 가장 믿을 만한 텍스트의 모음이라고 나는 믿는다. 내가 모르는 것은 바다보다 넓지만 책이라는 형식을 갖추어 가다 보면 책이라는 배는 새지 않는 튼튼한 배가 된다. 목적지만 정확하다면 우리는 물에 빠지지 않고 충분히 건널 수 있다. 동시에 어떤 책도 모든 것을 담을 수는 없다. 책을 완벽하게 만들 수 없다는 체감을 책을 만들 때마다 번번이 한다. 누구에게도 말하지 못하는 편집자의 조용한 고통이다. 어차피 완벽한 책은 없다. 완벽하지는 않지만 최선의 결과물을 향해 가보는 거다. 이번 책에서는 얼마나 모르는 나를 만나게 될까? 책을 채우며 무엇을 알게 될까?

'시작이 반'은
진리

이 책을 만들면서 뛰어넘을 허들이 더 있었다. 주눅과 편식. 뭔가 설명되지 않으면 국어사전을 찾아보는 버릇이 있다. 주눅은 기운을 제대로 펴지 못하고 움츠러드는 태도나 성질이라고 사전에 풀이되어 있다. 나와 같은 노동자 이야기, 그리 멀지 않은 시대의 사건인데도 주눅이 들었다. 큰소리치는 사람이 없는데도 말이다.

　평범한 사람들은 거대 담론 앞에 서면 주눅이 든다. '큰 이야기'를 부담스러워하는 것이 요즘 대세라고 핑계를 찾아보지만, 큰 이야기를 작게 대하고 거대 담론을 소소한 이야기로 만들어 버리면 그건 내 그릇이 작아서 그런 거 아닐까 싶어 또 주눅이 들었다. 자신 없게 만들면 누가 봐 줄까? 외면 받는 것은 언제나 슬프다. 아직 일어나지 않은 반응을 짐작하며 더 주눅이 들었다. 실패를 거듭하면 자신감이 떨어진다. 생각의 실패도 그렇다.

나는 책을 좋아하는 어린이가 아니었다. 친구랑 놀 시간도 부족했다. 독서를 강요하는 사람도 없었다. 몹시도 무료할 때 언니 오빠가 읽고 쌓아둔 책 더미를 뒤적였다. 형제가 많고 나이 차이가 많아 다양한 종류의 책이 있었다. 많은 책이 있었지만 동화와 소설을 좋아했다. 전형적인 문과형 학생이었다. 학교 공부에서도 국어와 사회는 재밌었지만, 수학과 과학은 일찌감치 포기했다. 독서의 편식은 취업 전까지 이어졌다. 편식하는 줄도 몰랐다. 내가 읽는 세상이 좋았고 충분했다. 제멋대로 편식을 해도 괜찮았다.

책 만드는 일을 하며 읽을 게 너무 많이 쌓이면서 편식을 할 수 없게 되었다. 어려운 책, 낯선 책을 읽어야 할 땐 자주 보이도록 가까이 둔다. 바로 덤비지 않고 책을 쌓아놓고 지켜(노려) 본다. 표지의 제목을 읽게 되고, 부제를 찬찬히 새겨 보게 되며, 뒤표지 글도 읽고 광고

가 분명한 띠지에 쓴 글도 새삼 읽어 본다. 그리고 책을 손으로 만지며 판형도 가늠해 보고 두께도 느껴 보고 종이도 매만진다. 그러다 보면 한 장 넘기게 된다. 담장이 높은 집에 방문할 때 노크하는 게 좋다. 담장을 뛰어 넘어 들어가는 것보다.

책 근처에서 배회한 효과는 크다. 연결될 준비가 된다. 책은 어떤 독자든 환영한다. 문을 열 때까지 재촉하지 않고 기다린다. 문을 열었으면 뚜벅뚜벅 걸어가면 된다. 한 걸음을 떼야 먼 길도 간다. 그저 한 장씩 읽는 일만이 읽기를 완성한다. 아무튼 시작했으면 되었다.

전태일 평전

2009년 4월 15일 신판 1쇄 펴냄
2019년 1월 1일 신판 23쇄 펴냄(2,000부,
1983년 6월 20일 초판(도서출판 돌베개)
1991년 1월 10일 1차 개정판(도서출판
2001년 9월 1일 2차 개정판(도서출판 돌베

지은이 | 조영래
펴낸이 | 이수호
     | 박계현
집 | 오도엽
서자인 | 김상보
조판 | 김경인

펴낸곳 | 재단법인 전태일재단
등록 | 2009

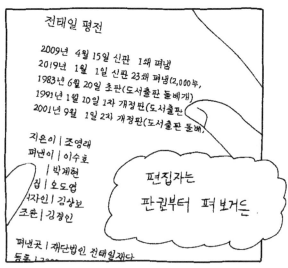

편집자는

판권부터 펴 보거든

44

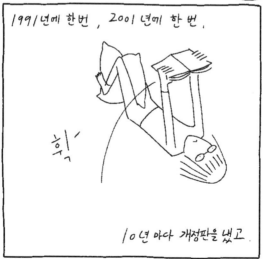

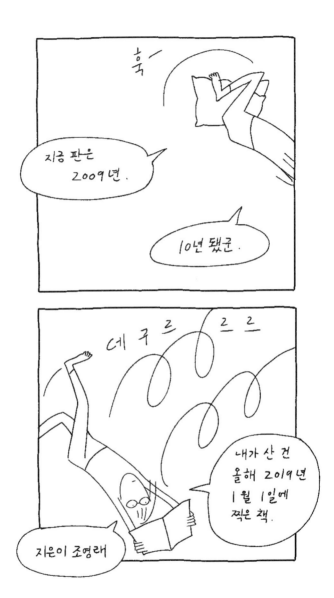

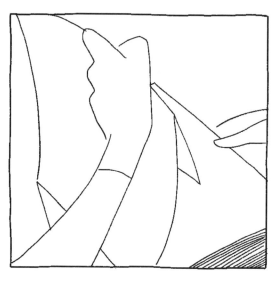

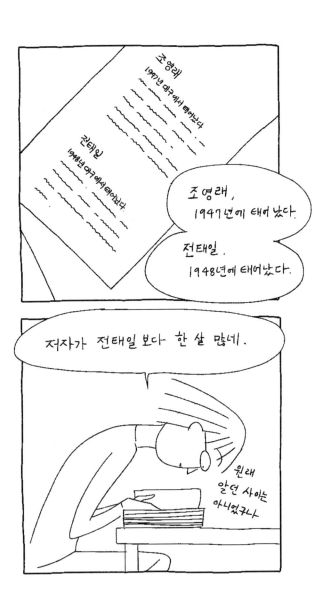

49

마감까지
굴린다 굴러간다

간송미술관에서 신윤복 미인도를 직접 보고 깜짝 놀랐었다. 다름 아닌 그림 크기 때문이었다. 책에 실린 그림을 보며 내 상상 속에서는 커다란 그림으로 저장되어 있었다. 생각보다 크기가 작았다. 아담했다. 가장 가까운 과학관인 서대문자연사박물관에 갔을 때 로비에 서 있는 공룡 뼈대를 보고 한참 서 있었다. 티라노사우루스와 트리케라톱스 머리 모형 앞에서도 한참 서 있었다. 크다고 알고 있었지만 상상보다 컸다. 미인도와 공룡을 실제 만나고 나서 현실이 되었다.

《전태일 평전》을 샀을 때부터 '전태일기념관'에 가

보고 싶었다. 2019년 5월 1일 노동절 즈음에 개관했다고 알고 있었다. 기념관에 가려고 계획을 잡기만 하면 비가 왔다. 2019년 여름 한복판이었다. 세 번쯤 계획을 미루다 집을 나섰다. 길치인데다 비까지 쏟아지고 있어서 지척까지 가놓고도 기념관을 찾지 못했다. 문자 그대로 퍼붓듯이 내리는 비, 지나는 사람도 없었다. 관광안내소에 물어보고서야 기념관을 찾았다.

책을 따라 걸어보는 것도 읽기다. 기념관 전시실에 들어서자마자 전태일 가족사진이 보였다. 모든 게 갑자기 가까워진다. 여전히 주눅이 들었지만 뭔가 해야 한다는 생각은 더 깊어졌다. 배움은 자유로워지기 위해서라고 했지! 주눅이나 억압을 느끼라고 배우는 게 아니야. 어디서 읽었는지 모르는 잊힌 채 어딘가 깊숙이 저장되어 있던 생각지도 못한 문장들이 튀어 올라와서 힘을 준다.

결국 나를 깊숙이 건드리는 것이 있다. 그것이 무엇이든, 소소하든 거대하든, 내게 보이는 것이 나다. 전시장의 많은 사진 중에서 가족사진 속 어린 전태일이 가장 먼저 마음에 들어왔다. 허물없이 다 아는 것 같고 부담스러움은 없어지고 심지어 정답게 느껴진다. 태연한

듯 보이는 흑백사진 속 사람들. 평범한 가족들.

> 이소선 어머니는 아들 전태일이 숨을 거두자 장례를 거부하며 투쟁에 들어갔다. 업주들과 정부당국을 상대로 ①유급휴일 실시 ②법으로 임금인상 ③8시간 근무실시 ④정규 임금인상 ⑤정기적으로 건강검진 실시 ⑥여성 생리휴가 ⑦이중 다락방 철폐 ⑧노조결성 지원 등 8개항을 요구했다.
> 정부 당국의 온갖 협박에도 이소선 어머니가 완강하게 뜻을 굽히지 않자, 정부는 … 요구조건들을 받아들였고, 마침내 1970년 11월 27일 '청계피복 노동조합'이 결성됐다.

나는 1997년 3월에 첫 취업을 했다. '8시간 근무'를 당연한 권리로 누렸다. 1999년 이직한 직장에서 처음 '생리휴가'를 써 보았다. 1970년에 이소선 어머니의 첫 요청사항이었다니. 똑같은 것을 보아도 같은 장소에 가도 사람마다 발견하는 것은 다르다. 편집자로서 구체적인 고민이 시작된다. 어떻게 공감을 얻을 것인가. 누구에게 말을 건넬 것인가. 편집자가 하는 일은 마감까지 생각과 질문을 굴려가는 것이다. 눈사람을 만들기 위해 눈을 뭉치듯 처음에 꼭꼭 단단히 다져야 굴릴 수 있다. 굴리면 굴러가기 시작한다.

기념관에서 나와 가까운 대형서점에 들러 끌리는 책을 산다. 책은 서로 눈이 되어 줄 것이다. 쌓인 눈이 많을수록 내가 원하는 모양의 눈사람을 만들 수 있다. 굴린다. 그러면 굴러간다.

18살에 첫 취직.

"하루는 구두를 닦으러 돌아다니던 중 평화시장까지 온 나는 어느 맞춤집에서 시다를 구한다고 써 붙인 것을 보고 다음날 깨끗이 목욕을 한 후 다시 그곳에 갔다 (…) 한 달 월급 1,500원이었다. 하루에 하숙비가 120원인데 일당 50원으로는 어림도 없는 일이었지만 다니기로 결심을 하고 모자라는 돈은 아침 일찍 여관 손님들의 구두를 닦고 저녁 늦게는 껌과 휴지를 팔아 보충해야 했다."

전태일의 저항

23살 때의 결심...

전태일은 11월 13일 오후 1시, 근로기준법 점화하기 직전 연설대에 올라 외칠 구호와 선언...

· 전태일의 시위 계획서 초안
〈1차, 구호제창〉
근로기준법을 준수하라.
근로감독관 임병주를 고발한다. 108조.
우리는 재봉틀이 아니다.

〈2차, 대통령 각하에 대한 메시지 낭독〉
대통령 각하(메시지) 우리도 인간임을 인정하여

〈3차, 구호제창 〉
일주일에 1번만이라도 햇빛을
1일 16시간의 작업에 임금 100원
1개월 작업시간 440시간 ...

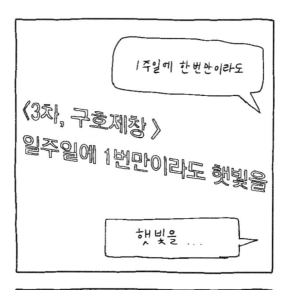

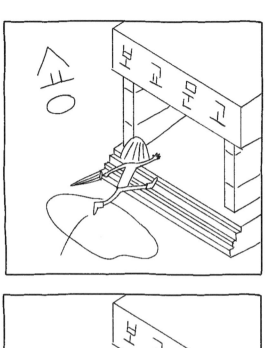

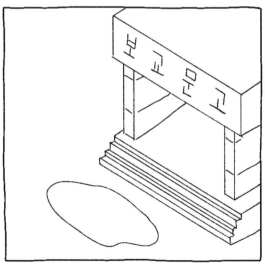

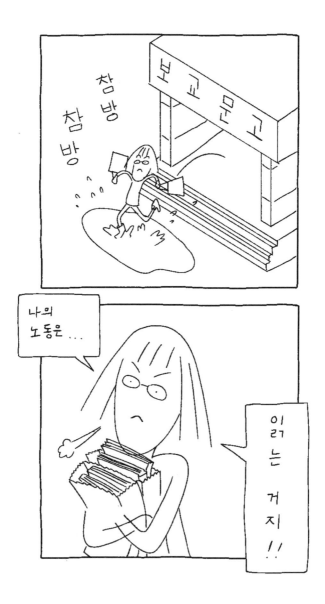

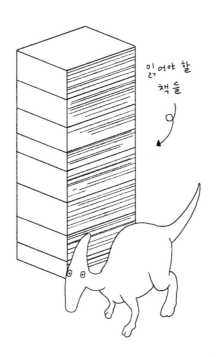

읽어야 할
책들

있는 그대로
마주하기

공룡 한 마리와 함께 살고 있다. 마흔에 알게 된 공룡. '지금 여기'에만 관심 있었던 나는 공룡을 통해 과거를 알게 되었다. 지구의 과거, 지구에 사는 생명들의 과거를. 긴 시간 개념이 생겼다. 138억 년, 46억 년, 6500만 년 전 등등.

공룡은 티라노사우루스만 있는 게 아니었다. 다양한 공룡을 둘러싼 환경과 생태계도 관심이 높아졌다. 그 당시 지구 대기의 산소 농도까지 궁금해 하는 지경이 되었고, 공룡 이후의 신생대 그러니까 포유류의 시대를 가늠하는 감각이 생겼다. 해외 도서전에 갈 기회가 생기면 공룡 책을 주섬주섬 주워왔다.

　같이 사는 공룡은 파라사우롤로푸스. 사슴을 닮은 공룡이고, 소리를 냈을 것으로 추측되는 머리 뿔이 있는 초식 공룡이다. 내가 좋아하는 공룡이다. '파라'가 원하든 싫어하든 나랑 같이 책을 읽는다. 과학 정보를 다루는 책을 만들며, 공룡처럼 실생활에 도움이 안 되는 것처럼 느껴지는 분야에 '정보 지체'가 심하다는 것을 느꼈다. 이제 어린이 공룡 책에서는 꿩이나 닭과 닮은 깃털이 달린 작은 공룡이 주인공으로 등장한다.

　마흔이라는 나이에 뒤늦게 공룡을 알게 된 뒤 즐거운 독서를 경험했다. 다윈 평전, '자연'의 개념을 발견한 훔볼트 이야기, 세포도 모르면서 세포 속 기관인 미토콘드리아를 다룬 과학 책 등 공룡을 이해할 수 있게 도와주는 모든 책들을 즐겁게 읽었다. 다 읽혔다.(다 아는 건 아니다.) 진정한 의미의 자발적 공부를 하게 되었다. 늦은 독서는 없었다.

　잠이 오지 않는 밤이 있다. 오후에 커피를 마신 날 그리고 생각이 열린 날. 표현하기 어려운데, 생각이 생각의 꼬리를 무는 정도가 아니라 가지를 치며 머리 밖으로 나아간다. 아기 머리에 있던 숨구멍(대천문)이 남아 있다면 이렇게 느낄까. 머리 위쪽이 열려 있는 느낌이다. 태어나 2년까지 다 닫히지 않는다는 머리뼈. 가끔 진짜 열리는 걸까, 틈이 아직도 남아 있는 걸까.

잠이 오지 않는 밤은 괴롭다. 나와 점점 가까워진다. 외롭고 우스꽝스럽고 종종 지나치게 진지하고 결국은 별 볼 일 없는 나를 보게 된다. 내가 《전태일 평전》을 읽기 저어했던 것은 어렵고 싫었기 때문이 아니었다. 회피했던 것이다.

감이 이끄는 대로 머릿속 빈 방이 생겼고, 점점 단단한 구조물로 바뀌고 있다. 그러나 참고할 책으로 사온 책을 다 읽고도 아직 평전을 더 읽지 못했다. 시간이 좀 더 필요하다. 잠이 오지 않는 밤이다. 괜찮다. 파라랑 같이 읽을 거니까. 그리고 늦은 독서란 없으니까.

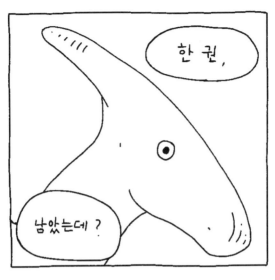

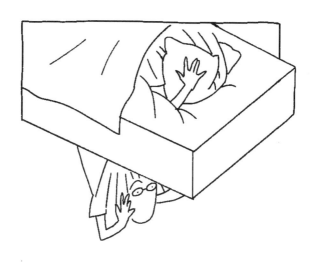

피하지 않고

마주하며
있는 것은

. . .

같이 읽읍시다

한여름, 소나기가 여러 날에 걸쳐 내렸다. 며칠 미루다 기념관으로 향했다. 일기예보 예상 강우량보다 훨씬 많이, 오전 한때에 집중해서 쏟아졌다.

기념관에 다녀온 다음 날 아침. 내가 일을 하고 일상을 보내는 동안, 빗물 펌프장에서 일하던 노동자 세 명이 세상을 떠났다. 빗물이 스밀 흙이 없는 도시. 폭우가 쏟아져도 잠기지 않고 유지되는 이유가 있었다. 우리가 잊고 있어도 자신의 일을 해내는 노동자들이 사회를 굴러가게 하고 있다.

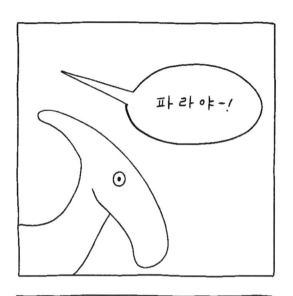

1장 어린 시절
2장 평화시장
3장 바보회
4장 전태일의 사상

마지막
5장만 남았어-

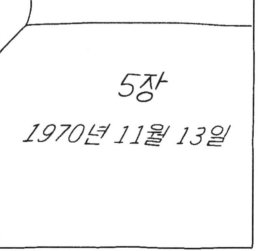

5장

1970년 11월 13일

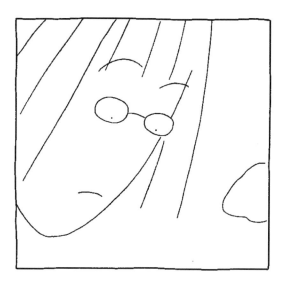

사고나 분쟁으로 목숨이 사라지는 뉴스를 보면, 사건을 알아보기도 전에 공포심을 느낀다. 공포심은 사건을 회피하게 하고 생각을 멈추게 한다. 날마다 불행한 뉴스가 있었을 텐데, 자주 외면했다. 나는 그날 신문기사를 정독해 읽고, 노동자들의 명목을 빌었다. 그런 뒤 《전태일 평전》을 읽었다.

일곱 살 이전이 전혀 기억나지 않는다. 언니랑 마루에 앉아 찍었다는 세 살 사진을 봐도, 여섯 살이었을 때 언니 운동회에 가서 아빠 목말 타고 찍은 사진을 봐도 떠오르는 건 없었다. 왜 그럴까 종종 궁금했지만 이유는 몰랐다. 어린이책 편집자로 일하면 어린 나를 만나고 이해하게 될 기회를 종종 마주한다. 유아기 발달 단계, 인지 발달 연구도 흥미롭게 지켜보게 되는데, 어느 책에서 이런 내용을 보았다. 사춘기처럼 사람의 성장이 폭발적으로 일어나고 나면, 그 이전이 잘 기억나지 않는 경우가 있다고. 사람마다 다르겠지만 나는 유달리 일곱 살에 엄청난 변화가 있었나 보다 짐작한다. 일곱 살이란 무엇인가.

책 읽기도 작은 발달 단계를 거친다. 고민에 고민을 거듭했더라도 일단 읽고 나면 망설였던 시간은 짧게 느껴진다. 《읽는 순서》를 쓰려고 애써 떠올리고 기록해 보니 책 읽는 시간보다 고민하는 시간이 훨씬 길었지만 말이다. 읽기 전과 읽은 후는 시간 감각이 달라진다. 대상도 가까워지고 시공간도 가까워진다. 옛 시간의 책을 읽지만 읽는 동안에는 현재에 펼쳐진다.

만나는 사람마다 어떤 어린 시절을 보냈을지 궁금하다. 그들의 일곱 살이 궁금하다. 그런데 엄마의 어린 시절 이야기를 들은 건 최근이다. 한국전쟁이 터져 어렵게 달구지를 구해 타고 떠난 피난길, 엄마가 어릴 때 갑자기 돌아가신 외할아버지. 다정하신 아빠 이야기, 가장 힘들었던 경험을 표현하실 때, 열 살 어린이 얼굴이 보였다. 내 오랜 무관심에 스스로 놀랐다. 마흔 넘어서야 어린 엄마를 만나다니. 자식이란 무엇인가.

진솔한 이야기를 들으면 그 사람이 연약해 보인다. 내가 순간 단단해져서 들어야 한다. '엄마'에 대한 고정관념에 금이 갔다. 아무는 동안 모호함을 견뎌야 한다. 잠깐 시간이 필요하다. 알맞은 거리감을 두고 마주볼 때 있는 그대로의 어린 엄마를 받아들일 수 있다.

책을 읽는 중에라도 생각할 거리가 많아지면 잠시 '서랍에 넣어두기'도 한다. 스티브 킹은 《유혹하는 글쓰기》에서 초고를 쓰고 나면, 한 달 정도 서랍에 넣어두고 다른 일을 하라고 권한다. 남이 쓴 것처럼 낯설어 보일 때 퇴고를 하라는 조언이다. 감정은 담담해지고 있는 그대로 보게 된다. 읽기에 적용해도 효과가 있다. 5장 앞에서 멈추어 보니 같이 읽기를 하고 싶었다. '따로 또 같이' 읽으면 힘을 낼 수 있을 거 같았다. 나약하고 허술한 감정에 매몰되지 않을 거 같았다. 같이 읽는다는 마음으로 마지막 5장을 읽어냈다.

이 책 기획 의도에 하나가 더 추가되었다. "같이 읽읍시다." 이미 읽었다면, "다시 같이 읽읍시다." 종종 서랍에 넣어둘지라도.

읽는다는 것

'내가 먹는 게 곧 나'라고 한다. '내가 읽는 게 곧 나'도 성립하지 않을까. 먹는 것은 몸을 이루고, 읽는 것은 생각이 된다. 직장인이 된 뒤 문학 작품을 거의 읽지 않고 살았다. 어릴 때 좋아했다는 이유로 읽지도 않으면서 잘 안다고 생각했다. 최근 다시 읽게 된 계기가 있다. 친구들과 독서모임을 시작하고, 어쩌면 억지로 같이 읽게 되면서 최근 문학 작품을 만나게 되었다. 우선은 혼자 읽지만, 읽으면서도 같이 읽는 친구들을 생각하게 된다. 그런 뒤 만나서 대화하고 질문하며 같이 읽게 된다. 보는 눈이 넓어지고 감각도 다양해진다.

편집자는 저자와 독자 사이에 있다. 더 명확히 말하면 편집자는 쓰는 행위와 읽는 행위 사이에서 움직이며 일한다. 저자에게는 쓰라고 권한다. 독자에게는 읽기 좋게 만들었으니 제발 읽어 달라고 간절히 호소한다. 읽기와 쓰기는 서로 영향을 끼치며 발전하기도 하고 퇴보하기도 하는 능력이다. 굳이 구분해서 보자면 편집자의 일은 쓰기보다 읽기에 더 가깝다. 난독은 편집자에겐 치명적이다. 나의 난독은 최근 더 심해지고 있다. 읽기를 방해하는 것들이 늘어만 간다. 같이 읽기가 읽기를 회복시켜 준다.

읽기 연구가 매리언 울프는《다시, 책으로》에서 윤리적 삶은 독서로 가능하다고 말한다. 읽는 능력도 타고난 것이 아니고, 윤리적인 삶도 타고난 것이 아니다. 시간과 주의를 들여야 가능하다는 것이다. 사람들이 유지하고 싶어 하는 평화로운 삶은 깊이 있는 사고로 유지된다. 깊이 있는 사고는 읽기로 강화된다. 긴 역사, 다양한 사회, 복잡한 나를 짧은 글로 다 담기에 부족하다. 긴 글을 읽는다는 것은 나와 사회를 이해하는 것과 연결된다. 읽기를 통해 나와 사회, 윤리와 평화를 연결하는 법을 계속 배운다. 느낌과 사실을 지혜롭게 이해하게 된다. 그러고 보면 책 읽기는 합리적인 사회, 공감하고 공감받는 사람들을 만든다. 우리의 읽기는 그렇다. 시시한 일이 아니다.

일상에서도 난독을 자주 마주한다. 모르는 분야는 너무나도 많다. 날마다 빠르게 새로 생겨난다. 로봇, AI라는 글자는 읽어도 내용을 읽어낼 수 없다. 모르는 정보 앞에서는 누구나 당연하게 문해력이 떨어진다. 누구나 그런 분야가 있다. 편집 일을 하다 보면 의외의 난독에 마주칠 때도 있다. 잘 안다고 생각하면 읽기를 멈추기도 한다. 안다고 생각하고 안심하고 생각을 멈춘다. 위에서 내려다보는 태도로 본다. 그러면 중요한 것을 간과한다. 변화한 정보를 파악하려고 하지 않는다. 잘 안다는 착각, 선입견이나 의도가 앞서면 오독과 난독에 빠지기 쉽다.

2020년은 전태일 사후 50년이다. 《전태일 평전》 초판이 나온 지 30여 년이 흘렀다. 여전히 많은 사람들이 읽고 있다. 많이 읽힌다는 것이 반드시 깊이 읽는 것을 의미하지는 않는다. 줄거리가 널리 알려지기 시작하면 이야기는 오히려 관심을 덜 받는 경우가 생긴다. 대부분의 글은 독자들이 읽음으로써 완성된다. 독자는 작가가 들려주고자 하는 말을 그대로 받아들이지 않는다. 작가가 의도하지 않았던 의미를 발견해 낸다. 글자는 지면에 고정되어 있는데, 읽기로 받아들이는 책의 내용에는 시공간의 제약이 없다. 읽으면 독자의 것이 된다.

독서모임과 같은 '사회적 독서'는 행복감을 준다는 연구 결과가 있다. 사회적 독서는 공감, 공유가 동반된다. 나도 독서모임을 하며 행복을 느꼈다. 역사가들은 문명 이후 지금이 가장 전쟁이 적은 시대라고 말한다. 교육의 결과다. 전쟁의 참혹함을 배우고 나면 전쟁을 막게 된다. 역사 교육은 대개 책으로 이루어진다. 책을 읽는 현재 지구인은 가장 평화로운 시절을 누리고 있다. 읽기는 지구를 구하고 개인을 행복하게 한다. 진짜다.

93

내 속에 있는 모든 걸 들여다 보게 돼

부족하고,
부끄럽고,
게으른,

빠각

빠각

나의
한계를
느끼지
. . .

편집의 비법을
찾아서

재미있고 놀라운 일을 누군가에게 말하고 싶어서 온갖 말과 몸짓으로 이야기하지만 완벽하게 전하기가 쉽지 않다. 전하고자 하는 말을 입에 담자마자 평범해진다. 말도 그러하니 글을 써서 오롯이 전하기는 더 어렵다. 오랫동안 '글쓰기 비법'을 찾아다녔다. 글쓰기 책을 그러모아 읽었다. 작가님들을 만날 기회가 있으면 여쭈었다. 20여 년 간 모은 글쓰기 비법을 공개하겠다.

　1 일단 써라.
　2 고치고 또 고쳐 써라.

끝? 끝! 글쓰기 책이 제시하는 나머지 방법은 세세한 기법일 뿐이다. 요리비책을 가지고 있어도 요리하지 않으면 음식은 나오지 않는다. 읽기만이 읽기를 완성하듯, 쓰기만이 쓰기를 이룬다. 편집자로 일하며 알게 된 비법이 하나 더 있다. 일단 쓰고, 계속 고쳐 쓰려면 뒷심이 필요하다는 거다.

1 쓰고 싶은 것이 무엇인가?
2 누구에게 왜 쓰려고 하는가?

두 질문에 명확한 대답을 가지고 있는 사람은 누가 시키지 않아도, 편집자가 마감을 독촉하지 않아도 일단 쓰고 계속 고친다. 하고 싶은 말이 명확할수록, 전하고자 하는 이유가 선명할수록, 그 글을 읽을 사람을 사랑할수록 일단 쓰고 계속 고친다. 글을 완성시키는 힘이다.

나는 편집자다. '편집의 비법'은 찾았나? (먼 산, 긴 한숨.) 비법은 여전히 못 찾았다. 뭔가 할 말이 생각나지 않으면 국어사전을 찾아보는 버릇이 있다. 편집이라고 하면 싹둑 자르는 것을 떠올린다. 사전을 보면 이렇다.

편집. 일정한 방침 아래 여러 가지 재료를 모아 신문, 잡지, 책 따위를 만드는 일. 또는 영화 필름이나 녹음테이프, 문서 따위를 하나의 작품으로 완성하는 일.

재료를 모아야 한다. 원고와 종이 등. 출판은 실제로 제조업이다. 집과 같은 구조물을 만드는 것과 비슷하다. 설계도를 그렸으면 손에 잡히는 물건을 만들어야 한다. 생각만 한다고 책이 생겨나지 않는다. 《새벽》을 만든 그림책 작가 유리 슐레비츠의 책 《그림으로 글쓰기》에서 편집자의 문장을 찾았다. "당신이 가장 먼저 책임져야 할 것은 '책'이지 독자가 아니다." 그림책 작가에게 던지는 말인데, 편집자에게도 아주 적확한 문장이다. 편집자가 하는 일은 교정, 교열뿐만이 아니다. 책은 각각 하나의 집이다. 편집자는 집을 짓는 모든 과정에 관여한다. 설계가 치밀한지 검토하고, 일관성 있고 믿을 만한 재료로 채워지는지, 구조물과 내용을 감싸 안는 디자인이 잘 어울리는지 살핀다. 지붕을 얹고 마무리 완공까지 제작에도 참여하며 감리를 본다. 책을 이루는 모든 것이 조화를 이루어 하나의 입체적인 완전체를 구성하는지 판단한다. 그러고 나면 책에 어울리는 분위기(스타일)가 자연스럽게 생긴다. 좋은 디자인은 잘 드러나지 않는 것이라고 한다. 좋은 편집도 자연스러운 것이다.

책이 출간되면 보도자료를 쓰는 등 홍보, 판매에 대한 일에도 직간접으로 참여한다. 제작비나 손익분기점 계산, 인력 관리, 책과 관련된 외부 행사 기획과 진행을 맡기도 한다. 그리고 다시 새로운 책을 기획한다. (편집자로 하는 일을 다 적고 싶지만 지루한 '책'이 되지 않기를 바라므로 이쯤에서 멈추겠다.)

책 만드는 과정은 선택의 연속이다. 정답이 없다. 대신 기준은 있다. 책이라는 매체의 특성과 개별적인 책마다의 목표. 기준을 분명하게 새기고 책에 참여하는 모든 사람과 동행하면서, 책을 향해 계속 나아가게 하는 사람이 편집자다. 책은 내게 참으로 소중하고 아름다운 대상이지만 책을 만드는 과정은 세상 성가시고 어려운 일의 연속이다. 그 과정마다 책임지고 일하며 최선의 선택을 할 뿐이다. 쓰고 보니 업무의 목록이지 비법은 역시 없다.

모호하고 막막하게 끝내자니 편집자로서 면목이 없다. 책을 편집하는 사람들 이야기면 다 그러모아 읽는다. 기술을 배우고 싶고, 다른 편집자는 어떻게 일하는지 늘 알고 싶다. 내가 발견한 편집의 비법 아닌 비법을 하나 꺼내자면, 안목을 갖는 것이다. 이건 간단한 일이다. 장점을 발견하는 것이다. 작가와 디자이너 등 함께 일하는 사람들의 매력을 발견하고 세상에 드러내려는 마음을 갖는 것이다. 책이라는 매체가 가진 장점과 매력도 알아보는 거다. 책이라는 매체에 저자의 이야기를 알맞고 아름답게 탑재한다. 하아, 이 또한 막막하긴 마찬가지인가?

편집을 잘하는 비법은 결국 없을지도 모른다. 편집의 비법도 모으고 모으면 결국 1) 편집하라 2) 고치고 또 고치며 편집하라.일 것이다. 그런데 편집자로 계속 일하는 비법은 있지 않을까?

글쓰기 비법을 아는 일과, 글쓰기를 직업으로 삼는 일은 다르다. 그냥 쓰기만 해서는 안 된다. 글을 발표해야 하고, 계약을 맺고 수익이 있어야 작가라는 직업인으로 살아갈 수 있다. 편집을 잘하는 것과 편집을 업으로 삼아 생활을 하며 살아가는 것도 다르다.

이 글을 쓸 때 다른 편집자들의 글이 용기를 주었다. 내가 출판사에서 편집자 생활을 시작할 당시만 해도 편집자가 직접 쓴 글이 발표되는 경우가 매우 적었다. 편집자들의 글이 최근 여러 매체에 게재된다. 명사들의 멋진 말보다 동료들의 솔직한 글은 편집자끼리만 아는 고요한 고통을 쓰다듬어 주며 공감과 위로를 준다.

나의 노동을 타인들 앞에 꺼내 놓을 때 움츠러든다. 틀릴까 봐, 동료들과 생각이 다를까 봐, 나에게 어떤 나쁜 영향으로 되돌아올까 봐, 시시하다고 외면 받을까 봐… 나의 일을 있는 그대로 공개하기는 쉽지 않다. 연습이 필요하다. 안전한 자리가 있어야 가능하다. 그리고 누군가 말하는 사람이 있어야 한다. 나의 노동에 관심을 가질 때 타인의 노동에도 관심을 갖게 될 것이다. 글을 쓰고 싶다면, 자신의 노동에 대해 써 보면 어떨까? 나와 같이 소심한 다른 동료에게 계속 일하며 살아갈 용기를 줄 테니. 분명 일터에도 변화를 줄 것이다. 비법보다 계속 일할 수 있는 여건이 내 생활을 유지하는 데 더 긴요하다.

《전태일 평전》과 함께 읽고 싶은 책 《사람의 자리》에서 전치형 교수는 "일하고 살아가는 누구나 자신의 생각과 처지를 말하고 싶어 하고 변화를 바란다."고 말했다. 이 문장은 옳다. 이번 편이 가장 긴 글이 되었다는 게 작은 증거다. 타인의 노동에 관심을 갖고 읽어주신 독자에게 감사하다.

내 눈에 들어온 건...

어린 노동자를 걱정하는 어른

다른 사람의
아픔을...

내 아픔 처럼
공감하는

연약한 사람
...

'나'와 '모든 나'를
지키려고 분투했던 청년

읽고 쓰면서
생각한 것

* 《전태일 평전》 마지막 페이지에는 전태일 열사의 유서가 소개되어 있다. 글쓰기가 막힐 때마다 펴 보았다. 편지 형식으로 남긴 유서. 사랑하는 친우(親友)에게 보낸 편지. 여러 번 읽었다. "내 생애 다 못 굴린 덩이를, 덩이를, 목적지까지 굴리려 하네." 내 눈이 머무는 문장. 마음을 이끄는 문장. 사라진 것 같지만 이어지는 것이 있다. 읽자. 그리고 쓰자.

* 노동. 사전적 의미.
1) 몸을 움직여 일함.

2) 생활을 위해 육체적, 정신적 노력을 들이는 행위.

　→ 곧 일상.

* 　노동의 역사보다

노동에 대한 인식의 역사를 살피기.

노동에 대한 나의 인식과 태도를 먼저 살펴보기.

(책을 읽다가 나한테 생긴 문장. 생각을 더 굴려갈 계획.)

* 　세상에는 나쁜 일도 일어나지만

점점 나아지고 있다고, 나아지도록 만드는

사람들이 있다고, 나는 믿는다.

* 　살아내기 위해

목숨을 거는 일이 앞으로는 없었으면!

글이 안 써질 때 이유를 생각해 보면, 대개 생각이
정리가 안 되었거나 그 말을 할 용기가 없을 때다. 어휘
력이나 문장력은 그다음 문제다. 첫 문장을 못 쓰고 삼
일을 보내다 메모한 것들을 들추어 보았다. '지금'은 코
로나19라는 바이러스가 세계에 창궐하고 있는 특이한

시점이다. 이 사태가 어떻게 결론이 날지 아무도 모르는데 내 생활의 변화는 분명하다. 한 달 넘게 업무 미팅은 없고, 새로운 일감은 생기지 않았다. 나는 프리랜서다. 어쩌면 생존을 생각해야 할 때이다. 여러 생각은 할 수 있지만 할 수 있는 일은 많지 않다. 생각만 많아지고 있으니 글쓰기는 진도가 나가지 않는다. 읽는 과정을 지나 내 생각을 말해야 할 때인데 할 말이 정리되지 않은 까닭이다.

프리랜서라 불리는 외주자는 출퇴근 시간이 없고 정량화할 수 없는 노동을 한다. 양을 정하고 수치를 매길 수 없다. 같이 일하는 작가님이나 디자이너를 봐도 그렇다. 비정규직이라는 말과 프리랜서는 내 생각에 차이가 거의 없는데도, 온도 차이나 편견이 심하다. 올해는 직장인으로 일한 시간보다 외주 편집자로 일한 시간이 더 많아진 분기점이 되는 때이다. 그나마 잘한 것을 생각해 보면 외주 일을 시작할 때 계약서를 쓴 것이다. 쓰고 보니 너무 사소하고 당연한 일이다. 그런데도 '계약서를 쓰고 시작해요.'라는 말을 먼저 꺼내기가 쉽지 않다. 다행히도 같이 일하는 출판사 네다섯 곳 모두 계약을 하고 계약금을 주고 일을 시작했다. 영화 〈미안해요, 리키〉에서 일을 발주하는 관리인이 계약서를 일방적으로 읽어주는 장면에서 나는 눈물이 났다. 영화에서는 주인공이 희망을 품는 장면인데, 이미 비극적인 결론이 보였다. 앞으로 더 많아질 노동의 형태다.

다시 생각해 본다. 《전태일 평전》을 읽으며 나는 무엇을 생각했을까? 비극적인 미래일까, 희망에 찬 도전을 꿈꾸었을까? 결론을 낼 수 없지만, 속 좁게도 나는 나의 노동을 생각했다. 남의 노동이 아니라 나의 노동을. 어떤 해결책도 아니고 겨우 "계속 일하고 싶다."는 마음이 컸다. 이렇게 꿈이 작아서야……. 나는 몹시 개인적인 사람이다. 누가 뭐래도 혼자 있는 시간을 좋아한다. (타인이 싫다는 뜻과는 다르다.) 그런데 일을 할 때에는 내 자신이 놀랄 만큼 적극적으로 타인을 만나러 간다. 일할 때만큼은 먼저 연락하고 콧노래를 흥얼거리며 찾아간다. 그 분들을 좋아한다. 일을 하며 비로소 사회인으로 살아갈 수 있다.

책 제작 과정을 보면 책 뒤에서 보이지 않는 곳에서 일하는 사람이 훨씬 많다. 다른 일들도 그럴 거라고 짐작한다. 오늘 아침 일찍 책을 주문하면 여러분 앞에 오늘 오후에 책이 도착한다. 이 일들을 누가 해내고 있을까? 나는 이 일들을 해내는 사람들과 시스템을 인정하고 좋아한다. 존중하고 사랑한다. 약해보이지만 분명한 연대의 마음이다.

《전태일 평전》 221쪽에 '진심으로 하고 싶은 일'이 나온다. 아직 나의 생각은 정리되지 않았지만, 나도 진심으로 하고 싶은 일을 흉내 내어 생각해 보았다.

- 무엇을......노동법을 비롯한 모든 법은 당연히 지켜지고, 상식이 상식이 되는 사회가
- 누구와......열심히 일하는 동료들과, 노닥노닥 노는 친구들이랑
- 언제......날마다 언제나
- 어디서......내가 있는 지금 여기서 지켜지길.

노동의 문제는 언제나 있어 왔다. 밤에 하늘을 본 적이 없다가, 이번 책을 읽으며 혼자서 달을 발견한 것처럼 그것도 슈퍼 문이 떴다고 호들갑 떠는 태도로 노동

을 생각했다. 나의 문제로 놓고 보고서야 놀라고 아프고 자책하고 차분한 고민을 시작했다. 내가 어떤 생각을 하고 건전한 출판 생태계를 위해 어느 편에 서야 할지 곰곰이 생각하게 되었다. 가장 약한 존재가 어떤 취급을 받는지 외면하지 말고 들여다봐야지 생각했다. 직업군 중에서 내가 속한 그룹이 가장 말단에 있을 수도 있지만 외면하지 말고. 언제나 있는 그대로 보는 것은 연습도 필요하고 용기도 필요하다.

작가님 전태일 아시죠?

...알죠, 근데요?

갑자기?

바로 엇그제 〈전태일 평전〉을 읽었거든요.

비극적 결말을 아니까 읽기를 시작하기가 참 힘들었어요.

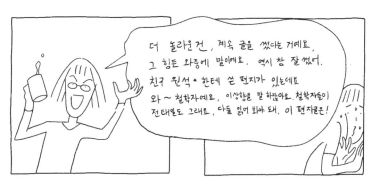

노동이나 전태일 열사의 삶을 주제로, 아직 어린이 책은 못 만들겠더라고요...

언젠가...

하.지.만!

짝

대신 '나무'책을 만들고 싶었어요.

그거 아세요? 나무가 서로 도우며 산다는 거요! 예전에는 숲의 나무들이 경쟁만 한다고 전제를 하고 연구했대요.

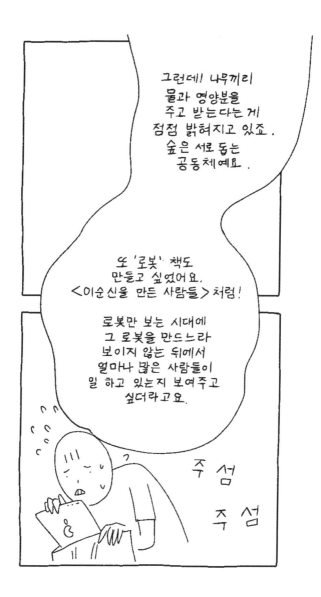

그런데! 나무끼리
물과 영양분을
주고 받는다는 게
점점 밝혀지고 있죠.
숲은 서로 돕는
공동체예요.

또 '로봇' 책도
만들고 싶었어요.
〈이순신을 만든 사람들〉처럼!

로봇만 보는 시대에
그 로봇을 만드느라
보이지 않는 뒤에서
얼마나 많은 사람들이
일 하고 있는지 보여주고
싶더라고요.

주섬

주섬

아직...
역량이 부족해서
어린이 책은
못 만들겠고,

독후감을 써보고
싶었어요.

이제야 <전태일 평전>
을 읽은 이야기를
고백하고 싶었어요.
아직 안 읽었다면
같이 읽자고,

그리고
노동 관련 뉴스를
피하지 않고 보자고,

그리고
노동해서 돈 벌기
시작했다면 단체나
언론사에 후원도
좀 하고,

그리고
각자의 노동을
말하고 글로 써서
알려주었으면 하는...

일상(2)

책꽂이 한 칸에 내가 뽑은 '올해의 책'을 모아둔다. 나만의 베스트셀러다. 꽂혀 있는 책등만 봐도 위로가 필요할 때는 위로를 각성이 필요할 때는 각성을 준다.

책꽂이에 책을 꽂는 장면을 꼭 그리고 싶었다. 물리적으로 가까우면 마음이 가까워질 확률을 높인다. 우리의 읽기는 소소하다. 그러나 절대 시시하지 않다. 현재에 읽지만 시간을 초월하고 여기서 읽지만 공간을 넘나든다. 책꽂이에 책을 꽂는 것은 소소하지만 절대 시시하지 않다. 책 한 권 읽는 행위는 우리 한 사람 한 사람이 역사를(일상을) 이어가는 것이다.

편집자의 버릇 중 하나가 의미 부여 강박이다. 좋은 메시지를 전달해야 한다는 의무감을 지니고 산다. 책을 통해 면면히 흐르는 의미를 못 찾을까 봐 편집자는 불안해한다. 잘 보이도록 세련되고 아름답게 드러내려고 노력한다. 문득 끝내기가 멋지다는 걸 알지만 그래도 마무리 멘트를 하고 의미를 말하고 싶어 한다. 독자가 어떻게 받아들였는지 궁금해한다.

편집자들은 자신이 만든 책을 읽은 뒤 사람들이 일상으로 돌아가면 일상을 보는 방식이 조금이라도 바뀌길 바란다. 책을 서로 읽으며 일상에서 새로운 것을 발견하는 계기가 되길 꿈꾼다. 더 희망하는 것은 이 책도 책꽂이에 꽂히기를. 당신의 베스트셀러가 되길! 역시 쓰고 보니 사족이지만 의미를 부여하고 마무리를 하고 나서야 안심이 된다.

〈전태일 평전〉을 읽고 나서,

서점

꽃잎

전태일 열사에게
전하고 싶은 말이 생겼어.

조영래 변호사가 쓴
당신의 책을

30년 넘게
사람들이 읽고 있다고.

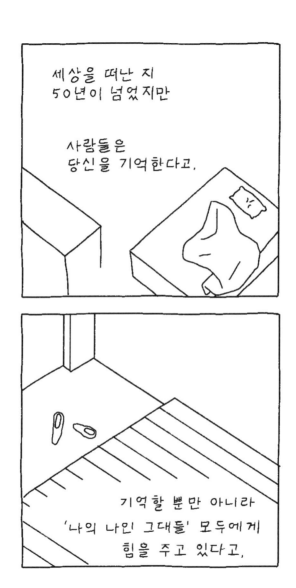

세상을 떠난 지
50년이 넘었지만

사람들은
당신을 기억한다고.

기억할 뿐만 아니라
'나의 나인 그대들' 모두에게
힘을 주고 있다고.

그리고
당신의 항거 덕분에
이전보다 세상이
나아졌다고,

전해지겠지?

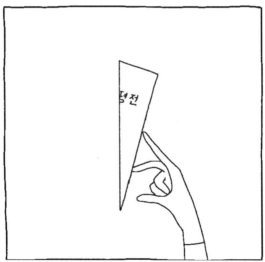

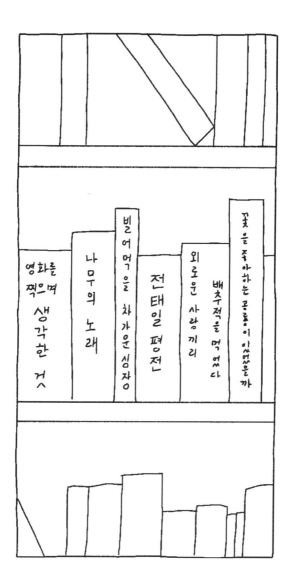

소심한 편집자의
소소한 책

이 책은 《전태일 평전》을 읽고 난 뒤 쓴 긴 독후감이자 반성문입니다. 피하고 싶었는데 결국 책을 내게 되었습니다. 출간을 피하고 싶었던 이유는 많았습니다. 그 가운데 가장 큰 이유는 제가 전태일 열사에 대해 이야기할 만한 자격이 있는가 하는 부끄러움이 있었기 때문입니다. 노동이라는 단어에 대해서조차 깊이 생각하지 않았다는 반성이었습니다.

저는 논픽션 어린이책이 폭발적으로 성장하던 2000년대 초에 어린이책 편집자로 일하기 시작했습니다. 나 같은 이력을 가진 사람이 노동자의 권리를 위해 목숨마저 던진 전태일에 대한 책을 만들 수 있을까 망설여지고 편집 노동자로 무슨 말을 할 수 있을까 부끄러워 《전태일 평전》을 읽는 내내 면목이 없었습니다.

그런데도 지금 이렇게 전태일 50주기에 추모하는 책을 만들게 된 것은, 《전태일 평전》을 읽으며 작은 이야기를 갖게 되었기 때문입니다. 그리고 이기적이게도 내 자신이 그다음으로 나아가기 위하여 이 책을 만들어야겠다고 다짐했습니다. 그렇게 시작했지만 《전태일 평전》을 읽은 이야기를 만드는 과정에서 망설임은 더 커졌습니다. 아직 해결해야 할 노동 문제는 쌓여 있고 새로운 노동 문제도 계속 생겨나고 있고, 무거운 주제와 중요한 역사적 사건의 무게에 눌리기도 했습니다만, 책은 완성을 해야 의미를 갖게 된다는 그간의 경험을 믿고 그림작가님과 함께 마감을 하였습니다.

전태일 열사는 책을 너무나 좋아했습니다. 책을 읽고 싶어 했고, 열심히 읽었고, 노동법 관련 책을 사기 위해 생활비를 포기했습니다. 자신의 이야기를 세상에 알리고 싶은 열망이 넘쳤습니다. 동료를 사랑하는 마음은 헤아릴 수 없이 컸습니다. 편집자로서 저자로 섭외하고 싶은 분입니다. 20년간 편집자로 일하며 '편집자의 노동은 여전히 이해받지 못하고 있다'는 말을 보이지 않는 곳에서 불평처럼 떠들었습니다. 《전태일 평전》은 나의 노동은 내가 말해야 하는구나 하는 깨달음과 나에게 이야기할 용기를 주었습니다. 나의 노동을 깊이 생각해 보게 했습니다. 지금 누구에게나 권하고 싶은 책이 되었습니다.

《읽는 순서》는 《전태일 평전》 한 권을 읽어내는 과정을 에세이툰 형식으로 담았습니다. 메시지는 간단합니다. 전태일 50주기에 《전태일 평전》을 같이 읽자는 제안입니다. '전태일 50주기가 나에게 어떤 의미일까'라는 물음을 품게 되는 것만으로도 의미가 있을 거라고 믿습니다. 책꽂이에 《전태일 평전》을 꽂아두는 작은 행동도 전태일 열사가 죽어서까지 굴려서 가고자 했던 목적지(<전태일 평전> 309쪽 참조)를 함께 바라보는 거라고 믿게 되었습니다.

그리고 책을 좋아하는 전태일 열사에게 이런 소심하고 소소한 책을 선물해도 좋겠다는 마음이 들었습니다. 이렇게 저도 '목적지'를 향해 조금 굴러가고 있습니다.

2020년 5월 1일 편집자 노정임

너는
전태일 50주기
공동 출판 프로젝트
나다   10

읽는 순서
편집자가 쓴 《전태일 평전》 독후감

초판 1쇄 2020년 5월 1일 펴냄

글 _ 노정임
그림 _ 김진혁
디자인 _ 토가 김선태
인쇄·제본 _ 갑우문화사

펴낸곳 _ (도서출판) 아이들은자연이다
등록번호 _ 제2013-000006호(2013년 1월 17일)
주소 _ 서울 양천구 목동서로 37, 908호
전화 _ 02-332-3887
전송 _ 0303-3447-1021
전자우편 _ aja0388@hanmail.net
블로그 _ blog.daum.net/aja0388

ISBN 979-11-88236-16-9 03810

＊ 이 도서의 국립중앙도서관 출판예정도서목록(CIP)은 서지정보유통지원시스템
  홈페이지(http://seoji.nl.go.kr)와 국가자료공동목록시스템(http://www.nl.go.kr/
  kolisnet)에서 이용하실 수 있습니다.(CIP제어번호: CIP2020013890)
＊ 잘못 만들어진 책은 구입하신 곳에서 교환해 드립니다.
＊ 책값은 뒤표지에 있습니다.

아이들은자연이다(아자) 출판사 이름에는 현재 우리 아이들과,
한때 아이였던 모든 이들이 건강한 자연의 에너지를 담뿍 안고 있음을 잊지 않으며
책을 만들겠다는 마음을 담았습니다.
사람과 자연을 이해하고 응원하는 책을 만들기 위해 노력합니다.

＊ 이 책은 2020년 아름다운 청년 전태일 50주기를 맞아 기획·출간되었으며,
  도서 인세 일부를 전태일재단에 기부합니다.